김형석 교수의
행복한 나날

마음이 보석
평생 쓰는 탁상용 365 캘린더

신앙은 예수님의 은총으로 거듭나서
인격에 변화가 일어나는 것이다.
이것이 바로 진짜 기적이다.

07

July

섬살

행복을 기원하며

_____ 님께 드립니다.

김형석 교수의 행복한 나날

지은이 김형석
초판 발행 2022. 11. 16

등록번호 제1999-000032호
등록된 곳 서울특별시 용산구 서빙고로 65길 38
발행처 비전과리더십
영업부 2078-3352 FAX 080-749-3705 출판부 2078-3331
ISBN 979-11-86245-47-7 03810 값 19,000원

* 독자의 의견을 기다립니다. tpress@duranno.com / www.duranno.com

비전과리더십은 두란노서원의 일반서 브랜드입니다.

저자 김형석

1920년 평안남도 대동에서 태어났다. 일본 조치대학교 철학과를 졸업하고,
연세대학교 철학과 교수, 시카고대학교와 하버드대학교의 연구 교수를 역임했다.
대한민국 1세대 철학자인 저자는 철학 연구에 대한 깊은 열정으로 많은 제자를 길러 냈으며,
평생 동안 한문 연구와 집필에 심혈을 기울였다.

1960~70년대에는 사색적이고 서정적인 문제로 《고독이라는 병》, 《영원과 사랑의 대화》 외
다수의 베스트셀러를 집필했으며, 건강한 신앙과 삶의 길을 제시한 《예수》,
《백년을 살아보니》, 《선하고 아름다운 삶을 위하여》, 《왜 우리에게 기독교가 필요한가》,
《교회 밖 하나님 나라》, 《기독교, 아직 희망이 있느냐》, 《배년의 독서》,
《예수를 믿는다는 것》 등으로 많은 독자의 사랑을 받고 있다.

저자는 연세대학교 철학과 명예 교수로, 100세가 넘었음에도 방송과 강연, 집필 등
왕성한 활동을 하고 있다.

진리는 하늘에서 빛나는 별과
같은 존재가 아니라
우리 삶을 밝혀 주는 빛이자
앞길을 인도하는 영적인 안내자이다.

12/
31

100세가 넘으면서부터는 하루하루가 그렇게 소중하고 아쉬울 수가 없습니다. 무엇보다 무거운 짐은 '나를 위하고 사랑해 주신 여러분에게 무엇으로 보답할 수 있을까' 하는 마음의 빚입니다.

다 갚지 못하면 어쩌나 하는 죄책감 같은 아쉬운 아쉬운 심정입니다. 그런데 연말을 맞이하면서 예상치 못한 반가운 소식에 감사했습니다. 나를 위하고 따르던 한 분이 내 책에서 주려 모은 어록을 비전과라디더님께 제공했고, 그 가운데 선별한 글귀를 캘린더로 만들고 싶다는 연락이었있습니다.

물론 그 내용은 나 자신의 생각에 그치지 않습니다. 역사를 이끌어 온 많은 사상가와 스승으로부터 물려받은 것들을 내 마음 그릇에 담아 보관하다가 원하는 독자들에게 나누어 드렸던 것들임니다. 내가 받아들일 때는 양식이 되었으나, 독자 여러분

신앙과 진리는 교회라는
형식의 그릇에만 담아 둘 것이 아니다.
모든 사람의 양심과 생활의 터전에서
자라고 열매 맺을 수 있으며
또 그렇게 되어야 한다.

12/30

에게 전해 드릴 때는 삶의 길잡이가 되기를 원했던 어록들입니다. 나에게 소중한 가르침이 되었듯이 여러분에게도 마음의 선물이 된다면 더 이상 바랄 것이 없겠습니다.

여러분에게 더 오래 힘이 되어 드리지 못하는 아쉬운 마음을 헤아려 주신다면 저는 못다 한 인생의 검을 내려놓고 세계 허락된 고향 검을 계속 가꾸겠습니다. 또 한 해가 지나면 104세의 나이를 맞이하게 됩니다.

우리 모두가 더 많은 마음의 선물을 주고받으며 선하고 아름다운 역사의 탑을 쌓아 가는 것이 인생이 아닌가 생각합니다. 수고하신 분들께 다시 한번 감사드립니다.

2022년을 보내면서
김형석 삼가

영원한 진리는
영원불변의 진리가 아니라
영원히 새로워지는 진리여야 한다.

12/29

01

January

여행

신앙은 항상 새로운 진리의 창조이며,
삶과 더불어 더 높고
영원한 진리를 찾아가는 것임을
깨달아야 한다.

12
28

01/01

100세를 살아 보니 '내가 나를 위해서
한 일은 남는 게 없다'는 결론을 얻었다.
평생 사람들과 서로를 위해 주고
사랑하고 산 일은 행복으로 남아 있다.

개체와 전체의 관계를 정당하고
선하게 자각하며,
주어진 권리와 의무를
감당하는 사람에게
주어지는 것이 자유이다.

남다른 고생을 하면서도
가족과 함께 있을 때는 한 번도
불행하다는 생각을 한 적이 없다.
사랑의 짐을 지고 살았기에
우리는 행복했다.

우리의 인생관과 가치관이 변하면
진리를 깨닫고
참 자유의 생활을 영위하며
말씀을 따르는 삶을 살게 된다.

12/26

보람 있는 삶이란
사랑과 희생이 동반되는 행복이다.

신앙 이전의 자아는 죽고 예수와

더불어 새 사람이 되어야 하는 것이

기독교의 진리이다.

12/25

나는 학문적으로
업적을 남기지는 못했다.
그러나 학문과 진리를
사랑했기에 행복했다.

기독교의 진리는
새 생명을 주는 영혼의 양식이다.

12/24

사랑한다는 것은
행복을 나누어주는 것이다.
나눔으로 행복의 열매를 풍요롭게 하는
것이 성공한 인생이다.

참된 크리스천은 서로의 주장을 존중하며 더 많은 자유를 누릴 수 있도록 돕는다. 이런 존중과 돌봄 덕분에 투쟁보다 더 많은 지혜를 얻을 수 있다.

12
23

나누는 삶을 사는 사람은
그 대가로 하늘의 보화,
즉 참다운 믿음과 정신적 풍요로움을 누리게 된다.
사랑과 행복을 통해
인생의 값진 의미를 발견하게 된다.

99%의 거짓을 버리고
1%의 진실만 남는 한이 있어도
진실은 밝혀지는 법이다.

사랑이 있는 곳에는 행복이 머문다.
사랑의 척도가 그대로 행복의 기준이 된다.
그러나 어려움이 따른다는 이유로 사랑을
포기하면 사랑의 꿈은 사라진다.
사랑이 있는 고생은
더 큰 행복을 안겨 준다.

자유가 사랑이 될 수는 있으나
사랑이 자유가 되기는 어렵다.
이 둘이 조화되지 않을 때
사랑은 자유를 위해서
끝없이 아픈 십자가를 지게 된다.

12/
21

행복은 주어지거나 찾아가는 것이 아니다.
언제나 우리 생활과 삶 속에 있다.
고통과 시련이 있을 때는 희망과 함께했고,
좌절과 절망을 겪었을 때는 믿음을 안겨 주었다.

자유는 평등이 있어는 불가능하며,
자유와 평등은 쌍둥이 같이
동시에 자란다는 사실을
잊어서는 안 된다.

12/
20

01/09

예수의 교훈 속에는 값진 고통과
인생의 무거운 짐을 선택하고,
그런 결단을 내릴 수 있어야
진정한 행복과 영광에 참여할 수 있다는
깊은 뜻이 담겨 있다.

신앙은 하나님의 100가지의 사랑과
인간의 100가지의 자유가 서로 보장되는
변증적 관계에서 이루어진다.
만일 하나님의 사랑이 인간의 자유를
조금이라도 구속한다면
그것은 사랑이 아니다.

12/19

정상에 올랐을 때의 감동적인 희열을
위해서는 어려움의 과정을 극복해야 한다.
그 극복 자체가 또 하나의 행복이다.
그것을 극복하는 마음의 자세에 행복이 깃든다.

자아의 개성을 찾지 못하면
자유는 빛을 잃으며,
서로를 위하고 도우려는
인간 본성의 계발 없이는
평등이 보장될 수 없다.

12/18

인간이 성장하는
동안에는
행복이 따른다.

자유는 정당하게 찾고 누려야는
사람에게 주어지는 것이다.
도피자나 무책임한 개인에게 돌아갈
자유는 없다.

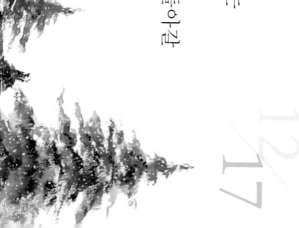

인격은 행복을 담는 그릇이 아니라

행복을 창조하는 주체이다.

이것을 바탕으로 한 합리적인 진리를
누구도 부정할 수 없는 것처럼 자유를
중심으로 삼는 도덕을 경시하거나
무시할 수 없다. 그것은 인간성
자체를 거부하는 것이며
인격적 삶을 가벼이 여기는 것이다.

12
16

행복은
주어지는 것이 아니라
우리의 인격적 삶이 만들어 내는 것이다.

자유는 행동·실천·참여와
더불어 존재할 때 그 의미를 찾는다.

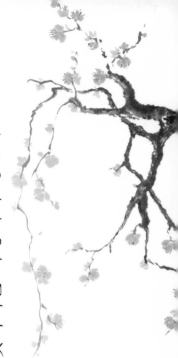

행복은 선하고
아름다운 인간관계에서 온다.
더 영원한 것을 찾아가는 과정에서 생긴다.

개인의 자유와 인권,
인간의 존엄성을
목적으로 삼는
정신은
무엇보다 우선되어야 한다.

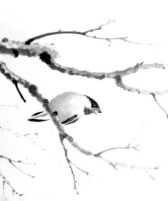

12/14

01/15

성공과 행복은
일생에 걸쳐 평가해야 한다.
지금 당장의 것만 따진다면
값진 인생을 살기 어렵다.

무엇보다 귀중한 기독교의 사명은
인생의 목적과 의미를 가르쳐 진리를
밝혀 주는 데 있으며,
그로 인해 새로운 인간을
창조하는 데 있다.

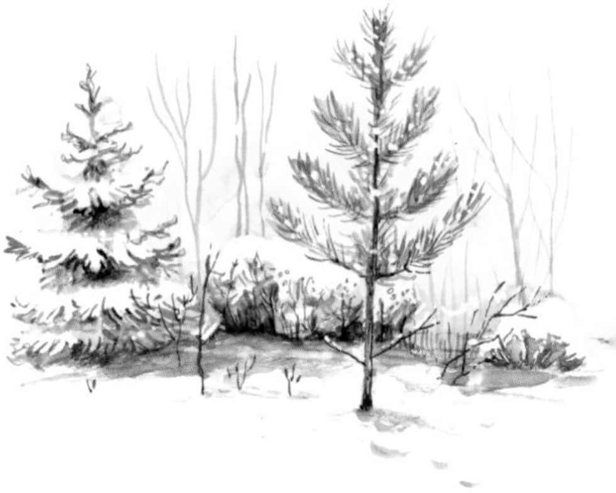

01/16

독서 삼매경이란
그것을 체험해 본 사람들이 느끼는
행복의 경지이다.

참다운 자유는 사랑과 더불어 공존하며,

진실이 없는 곳에는 자유도 없다.

12/12

01/17

가치 있고 보람 있게 살기 위해
자신의 행복이나 불행을 돌보지 않는 것이
참다운 인간이며, 진정한 행복은 거기에 있다.

욕망과 욕심의 노예가 된 사람은
자유를 누릴 수 없으며 누려서도 안 된다.
따라서 자유를 원하는 사람은
우선 모든 욕망으로부터
벗어나지 않으면 안 된다.

행복의 크기는
양에 있다기보다
질에 있다.

자유는 언제나 자율성을 전제로 한다.
우리가 누리는 사회적 자유도
이성적 자율성을 떠나서는 존재할 수 없다.

세상의 모든 소유물은 언제가 나를 떠나기 마련이다. 돈도 지위도, 자녀마저도 그렇다. 눈에 보이지는 않으나 늘 나와 더불어 있고, 누구도 빼앗을 수 없는 재산이 있다. 조화와 행복을 가져오는 미의식(美意識)이다. 아름다움을 안다는 것은 부와 명성에 못지않은 나의 소유인 셈이다.

인간은 고생스럽게 참 자유를 찾는
과정에서 역사를 만들어 가고,
하나님은 진리 안에서
자유를 찾는 인간을 사랑해 주신다.
그것이 인간과 하나님의 관계이다.

12/09

마음이 윤리가 사회의 질서를 형성하며,

마음이 개혁이 없이는

인류의 참다운 행복도 찾아오지 않는다.

루터가 종교개혁을 통해 얻어 낸 것은 신앙에서 주어지는 양심의 자유이다. 그는 "인간으로서 탐구하던 자유는 한계가 있지만, 하나님의 말씀에 비추어 양심을 지키며 자유가 있었다"고 고백했다.

물질적 소유에서 자족할 줄 알아야 한다.

자족은 만족감을 가져다주고

그 값있는 만족감이 곧 행복이다.

더 많이 가지려는 욕심이 남아 있는 한

인간은 절대로 행복할 수 없다.

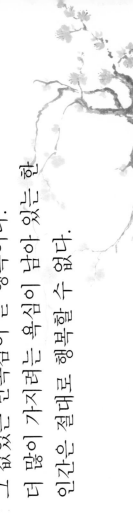

자신과 세상, 자신과 진리,
자신과 역사와 관계를 함께 생각하면서
사는 사람에게는 고뇌가 위따른다.
참 자유를 사랑하는 사람이
겪는 고뇌는 위대하다.

일을 사랑하는 것은 일을 즐기는 것이고,
즐기는 것은 행복하다는 뜻이다.
이렇게 사는 사람은 일 자체가 목적이기 때문에
일을 위해서 일을 하며 일의 가치를 창출해 낸다.
그가 바로 참다운 행복을 찾아 누리는 사람이다.

정의나 자유 위에 군림할 수 없다.
정치 권력은 그 자체가

내가 희생하고 어려움을 감내하면
그만큼 더 많은 사람이 행복해진다.
이것이 예수의 마음이다.

인간의 정신적 자유는
보장되어야 하며
누구나 자유로운 사상과
신념을 갖고 살아야 한다.

참다운 행복은 진정한 가지 구현에서 오며,

진정으로 가치 있는 삶은

더 많은 사람을 행복하게 해 주는 것이다.

따라서 봉사는 최고의 행복이다.

믿음은 인간이 진리와
자유를 누리고
구원을 얻기 위한 필수조건이다.

12/
04

주님이 기뻐하시는 것이 우리의 행복이다.
주님을 사랑하게 되면
내가 일을 했다고 생각하지 않고
주님이 하셨다고
고백하게 된다.

자유를 누리려는 사람은
진리를 찾게 되고, 실천적이고
주체적인 진리를 깨달은 사람은
그리스도에로 간다.

12/
03

우리 사회에 교회가 많이 생기는 것보다
서로 간에 인간관계가 더 풍성해지는 것이
더 행복해지는 길이다.

진실을 깨닫는 것이 이성적 자유를
의미한다면 선악을 가리는 것은
도덕적 자유를, 죄로부터의 해방은
인격적·종교적 자유를 의미한다.

12/02

01/27

행복이 목적이라고 생각하는 것은 착각이다.

행복은 아직 오지 않은 먼 미래에 있는 것도,

이미 사라진 과거에 있는 것도 아니다.

행복이 머무는 곳은 오직 현재뿐이고,

지금 여기에 있는 행복이 진짜 행복이다.

참 자유는
모든 과거로부터의 해방이며,
장래에 대한 가능성이다.

12/01

많은 사람이 불행은 밖으로부터 온다고
생각한다. 그런 사람들은 행복도 남이
가져다주는 것으로 여긴다.
그러나 불행을 행복의 조건으로 바꾸고
이웃에게 행복을 나누어주는 사람이
참으로 행복한 사람이다.

12
December

진리와 자유

01/29

무엇을 소유하는가보다
어떻게 가치 있는 삶을 누리느가가
행복의 조건이며, 무엇을 얻는가보다
이웃과 사회에 무엇을 주느가가
더 높은 차원의 행복을 약속해 준다.

예수의 위대함은 가난, 고뇌, 불행, 절망,
눈물, 슬픔에 동참하신 데 있다.
그의 사명은 바로 그런 비참함에 처한 이웃에게
진리를 전하며 위로하는 것이었다.

11 / 30

행복은 결코 정당한 노력 없이
공짜로 주어지는 것이 아니다.

신앙 공동체의 대표인 교회가
기독교의 중심이 되면 교회주의에
빠지게 된다. 그 결과 기독교의
정신과 생명력이 제한 받고
교리가 진리를 대신하는
과오를 범하게 된다.

11/
29

01/31

이를 위해 수고하는 사람은
그 수고를 통해 남모르는
행복을 누리는 법이다.

모든 신도가 그리스도의 뜻을 따라
저마다의 영역에서 하나님 나라를
건설할 수 있도록 그 이념과 능력과
사명을 일깨워 주는 것이
교회의 사명이다.

11/28

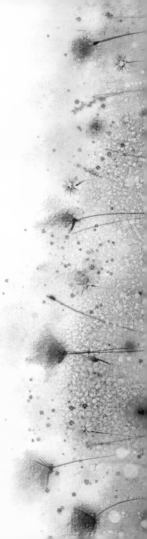

02
February
인생

세상에 태어난 인간에게
주어진 책임은 자기 인격의 완성이다.
그 완성을 위해 더 많이
배우고 더 많이 일해야 한다.
주어진 책임을 외면하거나
제으른 사람은 그것을 고생으로 여긴다.

비록 시련이 있을지라도
인생은
선하고 아름다운 것이다.

기독교인은 더 굳건한 신앙과
사랑을 베푸시는 하나님의 은총을 받으면서
역사 악에 대항해야 하는 의무를 지니고 있다.

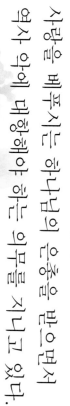

11
26

02/02

소유를 인생의 목적으로 삼지 마라.

소유하지 말고 세상에 주어라.

그보다 중요한 건

인격을 기우고

삶을 보람 있게 사는 것이다.

기독교는 교리 중심의 교회주의를
극복하고, 생명의 진리를 제공하는
교회로 돌아가야 한다.
교리의 체면을 깨뜨리고
진리의 빛이 다시 태어나야 한다.

신앙인의 체험,
은총의 체험이 쌓여서
인생이 된다.

교회와 사회의 거리가 가까워지고
예배당 문턱이 낮아져야 한다.
그것이 교회가 사회 속에
존재하는 이유이다.

11/24

02/04

삶의 의미를 어디에 둘 것인지
찾기 위해 끝까지 노력하며 살아야 한다.
그것이 힘들고 어렵다면
예수께 물어야 한다.

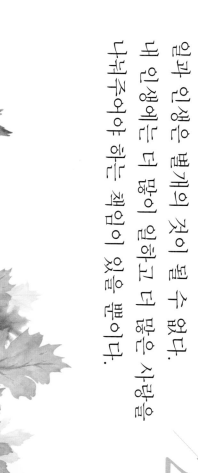

일과 인생을 별개의 것이 될 수 없다.
내 인생에는 더 많이 일하고 더 많은 사랑을
나눠주어야 하는 책임이 있을 뿐이다.

11/23

20대에 '앞으로 50대가 되면 어떤 인생을 살게 될까'를 염두에 두는 사람은 방황하지 않고 보람된 청년기를 보낸다.

반면 아무런 문제의식도 없이 남들 따라 사는 사람은 50대가 될 때까지 많은 시간과 노력을 낭비하게 된다.

'착한 사마리아인'의 비유'는 사회악으로 비참하고 고뇌에 찬 삶을 사는 사람들과 역사적 최악에 희생 제물이 된 이웃을 돕거나 위로하는 일은 위대한 제, 고회주의에 빠져진 큰 행사만 벌이는 것이 무슨 의미가 있는지 돌아볼 것을 요구한다.

하나님의 뜻을 가볍게 여기며
인생을 사는 것이
우리가 저지르는 잘못이다.

모든 사람은 살아가면서 누군가와
나누고 싶은 삶의 문제를 안고 있다.
그들과 대화하고 함께 해답을 찾는 것이
교회의 의무임을 가볍게 여겨서는 안 된다.

11
21

내가 나를 믿고 남이 나를 믿더라도

인생이 완성되는 것은 아니다.

우리는 여전히

한계가 있는 인간이기 때문이다.

우리에게 주어진 소중한 과제는
부르심을 받을 때까지
주어진 책임을 감당하며
작은 사랑이라도
나누어줄 수 있도록
노력하는 것이다.

마지막날에 내 인생 전체가
주님이 목표였다고
고백할 수 있기를 소원한다.

나는 그동안 말씀의 씨를 뿌려 왔다.
앞으로도 씨를 뿌리는 책임을 계속할 것이다.
열매를 거두는 이는 목회자와
신앙 공동체의 지도자들이며
마지막으로 거두는 이는 주님이시다.

119

내가 신앙인으로서 가지는

인생관과 가치관은

그리스도의 말씀과 기독교 신앙을

내 소유를 위해

이용하지 않겠다는 것이다.

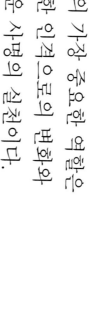

신앙의 가장 중요한 역할은
성숙한 인격으로의 변화와
새로운 사명의 실천이다.

118

02/10

인생에는 자유나
운명의 절대성만 있는 것이 아니다
사랑의 섭리도 있다.
그 섭리의 주관자는
하나님 아버지이시다.

기독교가 사회에서 감당할 가장 큰 사명은
그리스도의 말씀이 인류의 인생관과
가치관이 되도록 이끌어 주는 것이다.

02/11

자신을 위해서 소유하는 것을 목적으로
사는 사람은 많은 수고와 노력을 했어도

결국은 빈손으로
인생을 끝낼 수밖에 없다.

교회는 크리스천끼리 즐기고 만족하는
신앙의 안식처가 아니다.
주님의 일꾼을 사회와 국가로 배출하는
사명을 감당하는 곳이다.

116

02/12

'인생의 목적이 무엇인가'라고 묻는다면
'인간을 위한 봉사'라는
대답 이상을 얻을 수 없다.
그것이 최고의 목적임에는
틀림없으나 완전한 봉사는
회개와 거듭남을 통한
하나님의 사랑으로 이루어진다.

뚜렷한 사명감을 가지고 일하다가
죽을 수 있다면 그때의 죽음은
공포와 불안을 넘어선
숭고한 죽음이 될 것이다.
삶이 참이었기에
죽음도 참일 것이다.

인생길을 가다 보면 상상도 못한
험한 산과 넓은 바다에 가로막히는 일이
흔하다. 그러나 누구도 인생길을 떠난
우리에게 훌훌이 목적과
삶의 이유를 말해 주지 않는다.
그럼에도 그 길을 걸어야 하는 것이
우리 운명이며 인생 그 자체이다.

실천적 사명이 없는 신앙은
무의미한 관념적 사고에 머물고 만다.

11/14

02/14

죽음에 대해 어떤 태도를 취할지 결정하는 일은 우리 인생에서

제일 중요하고도

근본적인 문제이다.

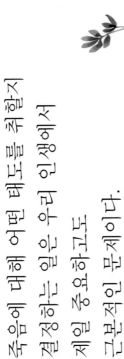

자신의 생명보다 더 소중한 것을 위해
전부를 바칠 수 있는 것이 믿음이다.
따라서 신앙을 가진 사람은
누구보다도 강력한
역사적 사명에
동참하지 않을 수 없다.

11
/13

02/15

올바른 인생을 사는 사람은
행복한 사람이 되려고 하기 전에
먼저 가치 있는 사람이
되려고 생각한다.

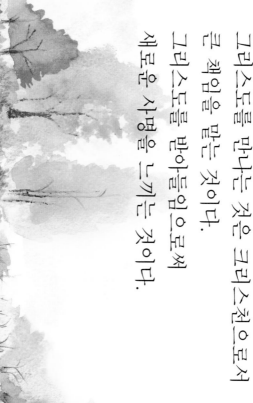

그리스도를 만나는 것은 그리스도인으로써
큰 책임을 맡는 것이다.
그리스도를 받아들임으로써
새로운 사명을 느끼는 것이다.

그리스도의 가르침이 내 인생관과
가치관이 되고, 내 삶과 인격이
그리스도와 같아지면
우리는 과거의 나를 떠나
새로운 나로
다시 태어나게 된다.

크리스천이 세상 사람들과 다른 결정적인
차이는 사명감을 갖는 것이다.
크리스천은 죽을 때까지 사명 의식으로 살아간다.

11
11

02/17

자신의 인생이
오래 남아 있다고 생각하는 동안은
인생의 참된 의미를 깨닫지 못한다.

기독교의 사명은 기독교의 세상화가 아니다. 세상적이고 세속적인 것을 그리스도화하는 일이다. 그리스도의 뜻과 가르침에 동참하여 진정한 그리스천이 되는 것이다.

모든 인간은 '앞으로 어떤 길을 택하여

인생의 참뜻을 얻을 것인가'라고

묻는 중에, 또 그 길을 찾아가는 중에

자신의 인생을 끝낸다.

그리스도는 일찍이 그 길을

묻는 제자들에게

'내가 곧 길'이라고 말씀하셨다.

인간은 세 번의 탄생을 겪는다.
생명의 탄생, 개성과 자아의 발견,
역사적 사명감의 자각이 그것이다.

일면서도 건강을 해치는 것은
생명과 인생을 가볍게 여기는
잘못을 저지르는 것이다.
나이가 들수록 강한 정신력이
신체의 건강을 유지해 준다는
사실을 깨닫게 된다.

예수님을 구주로 받아들인
크리스천의 사명은
나를 사랑의 집을 사랑으로
대신 져 주는 것이다.

11/08

02/20

영원히 살고 싶다는 욕망은
삶의 본질에 깔려 있다.
살기를 원하면서도 죽음으로 가는 길,
그것이 인생이다.
죽음은
항상 삶 속에 머물러 있다.

인간이 중심이 되는 교회는
기독교 본연의 사명을 다하기 어렵다.
그러나 그리스도가 교회의 주인이 되면
교회보다 큰 하늘나라를 위한
사명을 감당할 수 있다.

11/07

인생에서 계단의 노른자에 해당하는
황금기가 있다면 60세에서 75세까지라고
생각한다. 행복이 무엇인지,
사는 의미와 가치가 무엇인지도
60세가 넘어야 알 수 있다.
개인 중심이 아닌, 사회인으로서의
인생도 60세부터이다.

신앙인이라면 자신을 부정하고
주어진 사명에 최선을 다하는 것이
자연스러운 일이다.
그것이 하나님의 은총이다.

02/22

삶은 죽음으로 가는 것이 아니라
완성으로 가는 것이다.
죽음은 모든 것을 빼앗아 가는 것이 아니라
삶을 완결지어
죽음 뒤에 남겨 준다.

크리스천은 진보와 보수의 벽을 넘어
하늘나라를 꿈꾸는 열린 사회로의 사명을
다해야 한다.

11/05

참된 인간은 고귀한 것을 남기기 위해
최선의 삶을 살지만,
그것을 소유하지 않는다.
죽음을 맞이해
소중한 유산으로 남길 뿐이다.

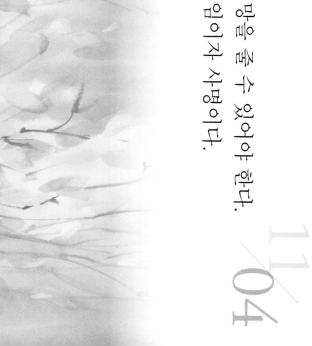

교회는 사회에 희망을 줄 수 있어야 한다.
그것이 교회의 책임이자 사명이다.

11/04

02/24

인생의 석양을 맞이해

삶의 황혼기를 대하게 될 때

돌아갈 고향이 없는

인생의 고아가 되지는 말아야 한다.

교회는 사랑이 정의를 완성하며 봉사가
특정의 차원을 넘어섬을 입증할 수 있어야 한다.
교회가 사회 속에 있는 것도,
그리스천이 누룩의 역할을
담당하는 것도 그 때문이다.

내가 드린 기도를 나 자신은 잊고 있었어도
하나님은 그 기도를 이루어 주셨고
지금도 그 약속을 지켜 주심을 새삼 깨닫는다.
무엇보다 귀중한 것은 나의 삶을 주관하시는
하나님의 뜻과 약속이다.
결국 그리스천이 된다는 것은 기도를
통해 내 삶을 하나님과 함께하는 일이다.

예수를 세 번이나 부인한 베드로가
하늘나라 천국의 사명을 맡게 된 것은
성령에 의한 은총의 선택이다.

시간이 영원을 위해 있다면
나의 삶은
주님의 뜻을 떠나 존재할 수 없다.

교회가 사회가 묻는 진리에
답해 주어야 하는 이유는
크리스천에게 민족과 국가를
하나님 나라로 바꾸는 특권과
사명이 주어졌기 때문이다.

02/27

인간의 일생은 긴 마라톤 경기와 비슷하다.

지금 누가 앞서가느냐보다

최후의 승자가

누구인가가 더 중요하다.

11

November

교회의 사명

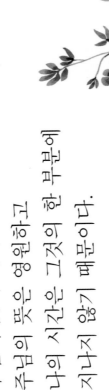

이제 남은 생애는 내 것이 아닌
주님의 뜻이 되기를 바란다.
주님의 뜻은 영원하고
나의 시간은 그것의 한 부분에
지나지 않기 때문이다.

하늘나라가 이루어지는 곳은
믿는 사람들의 마음과 영혼이다.
하늘나라는
지금 내 안에 있어야 한다.

10/
31

03

March
___
사랑

그리스도가 교회의 주인이 되면
교회보다 더 큰 하늘나라를 위한 사명을
감당할 수 있다. 하늘나라는 교회보다
더 넓은 세계에서 성취되어야 한다.

03/01

사랑 없는 고생은 고통스러운 짐이지만,
사랑 있는 고생은 행복을 안겨 준다.
그것이 인생이다.

신앙은 선택이다. 그 선택 가운데
가장 중요한 것은 바로 예수님을
출발점으로 삼아서 하나님 나라를
건설하기 위해 나아가는 것이다.
그것을 못하면 기독교는
사회의 희망이 될 수 없다.

사랑이 구현되려면
투쟁이 사랑으로 바뀌어야 한다.
투쟁에는 사랑이 머물 곳이 없다.

교회 안에 머무는 신앙은 앞으로 나아가지
못하고 과거에 갇힌 신앙이다. 이런 우스갯소리
가 있다. 마귀가 큰 교회 문간에 서서 들어오는
교인들에게 말한다. "어서 와, 여기서 양껏 즐
길게 살아. 절대 교회 밖으로 나오지 마."

교회가 주는 만족에 취하고 하나님 나라를
세우는 일에 나서지 말라는 얘기이다.

진정한 신앙인은 미래를 향해 나아가야 한다.

03/03

부부 사이의 성격 차이는
갈등의 요소가 아니라 더 깊고
풍부한 사랑을 체험하게 하는 바탕이다.
두 사람의 성격이 똑같다면
사랑의 깊이가 없을지도 모른다.

교회는 민족과 국가가
올바른 길을 가도록 인도하는
책임을 진 경유지이지
최종 목적지가 아니다.
최종 목적지는 하나님 나라이다.

10/
27

03/04

사랑은 폐쇄적인 자기 위주의 삶 대신
개방적이고 더 많은 사람을 위하며
섬기는 삶이다.

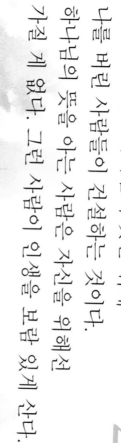

하나님 나라는 하나님의 뜻을 위해
나를 버린 사람들이 건설하는 것이다.
하나님의 뜻을 아는 사람은 자신을 위해선
가질 게 없다. 그런 사람이 인생을 보람 있게 산다.

10/
26

진정한 사랑의 나무에만 자유와
평등의 열매가 동시에 달릴 수 있다.
사랑 없는 평등은
통제를 가져올 뿐이며,
사랑 없는 자유는 경쟁에서 오는
불행을 면치 못하기 때문이다.

신앙인의 궁극적 목표는 하나님 나라를 건설하는 것이다. 그 위를 감당하기 위해 어떤 인생관을 가져야 하는지 묻고, 그 해답을 그리스도의 교훈에서 깨달아 건설하는 책임이 바로 그리스도인에게 있다.

사랑은 제자리에 머무르는 것이 아니다.

항상 더 선하고 앝진 위치로

승화될 수 있어야 한다.

그런 사랑의 터전에서

행복과 감사가 나온다.

많은 사람이 모였다고
다 교회가 되는 것은 아니다. 사회에
하나님 나라를 세우는 책임을 감당하는
교회가 진짜 교회이다.
그러려면 정의를 넘어
사랑을 선택해야 한다.

0307

"사랑은 지혜를 낳는다"는 말이 있다.

제자와 자녀의 개성과 인격을

진정으로 사랑하는 선생과 부모는

자신도 몰랐던 정도로

지혜로운 교도를 할 수 있게 된다.

믿음·소망·사랑이 개인 신앙을 가진 사람들에게 해당한다면, 자유·평등·정의는 역사적 사명을 느낀 공동체가 가지는 교훈이다. 사회에 대한 역사적 사명감을 소홀히 여기는 크리스천은 인정받지 못한다.

03/08

인간에라는 말에 담긴
사랑은 바로 선한 가능성을
돋고자 하는 뜻이어야 한다.

기독교는 정의를 인간에 대한
의무와 책임이라고 가르친다.
정의를 통해 더 많은 사람이
행복을 누리며 인간다운 삶을
보장 받을 수 있기 때문이다.

10/
22

03/09

기독교의 종교적 체험은
사랑이다.

맑은 심진 사회가
밤보다 양심을 소중히 여기며
선의 가치를 정의의 가치 이상으로
삼고 있다. 정의는 선을 이루기 위한
전제조건이기 때문이다.

10/
21

하나님을 사랑하는 것이
믿음의 처음인 동시에 마지막이며,
모든 인간에 대한 사랑은
하나님과의 사랑을 통해 이루어진다.

예수께서는 사회 정의를 강조하면서도
사랑에 의한 정의의 완성을 말씀하셨다.
법은 운명을 위해 필요하고 운명는
인간 삶의 영구한 가치를
묻는다. 예수께서는
그 윤리적 한계를 넘어선
삶의 가능성과 희망을 가르치셨다.

10/
20

하나님을 사랑하면 더 깊고 넓게
인간을 사랑할 수 있게 된다.
하나님이 베푸시는 진정한 사랑을 깨닫고
인간 사랑의 힘을
얻게 되기 때문이다.

기독교는 어떻게 하면 더 많은 사람에게 인간다운 삶을 약속하며 정의와 진리를 증대시킬 수 있는지에 대한 해답을 제시해 줄 수 있어야 한다.

19/19

03/12

사람들은 사랑이 아름다움을
창조한다고는 생각하지 못한다.
만일 사랑이 창조의 원동력이고
그 능력이 인생의 핵심이라면
우리는 사랑보다 귀한 것이
없음을 깨닫게 된다.

선은 사회 전체를 위한 판단이며,
정의는 모두가 걸어야 할 길이다.
욕심을 채우려는 곳에 선이 있을 수 없고,
나를 위해 살면서 정의를
내세울 수는 없다.

10/
18

03/13

진정 나라를 사랑하는 사람은
스스로를 애국자라고 말하지 않는다.
말하기 전에 먼저 사랑하기 때문이다.

지극히 작은 일을 결정해야 할 때도
정의로운 선택을 소홀히 해서는 안 된다.
의로움은 언제나 역사의
정도(正道)이기 때문이다.

03/14

사랑을 주는 사람이
사랑을 받는 사람보다 더 행복하다.

정의를 위한 노력은 대부분 고난과 어려움을 동반한다. 그러나 그 길만이 값지고 좋은 길이기에 우리는 그 좋은 길을 택해 남은 길을 만들 의무가 있다. 그래야 후손들이 당당하게 정의의 길을 택해 전진할 수 있다.

03/15

이해가 머리요,
동정이 가슴이라면
사랑은
머리와 가슴 위에
따스함의 손길이 더해지는 것이다.

아무리 선한 목적이라도
과정과 수단이 악하면 죄악이 된다.
하물며 이기적인 목적에
악한 수단과 방법이 사용된다면
정의의 심판을 피할 수 없다.

10/
15

03/16

사랑의 동기가
봉사와 희생이 아니라면
그 사랑은 성립될 수 없다.

지성인에게 가장 필요한 것은
문제의식을 갖는 것이다. 문제의식 없이
민족의 번영과 국가의 영광을
꿈꾸는 것은 씨를 뿌리지 않고
결실을 기다리는 것과
어리석음 일이다.

10/
14

03/17

사랑은 용서와 공존의 질서이다.
사랑에 뒤따르는 과제는
완성을 위한 노력이다.

정의와 사랑의 질서가 성숙한 사회가
기독교에서 뜻하는 하나님의 나라이다.
정의와 사랑이 균존할 때
완전하고 행복한 사회가 된다.

10/
13

03 / 18

크리스천의 의무는
자신의 자유를
신의 사랑에 굴복시키는 것이다.

빛이 어둠을 밝히려면
어둠과 함께 있어야 하듯이
크리스천이 사회 참여를 하려면
사회를 떠나서는 불가능하다.

10/12

03/19

고독의 땅에서 고침을 받는 사람은
오직 하나님의 사랑을
받는 사람뿐이다.

세상의 모든 정원는 강을 사이에 두고

강의 어느 편에 있는가에 따라 달라진다.

위쪽편에서는 선으로 평가 받는 것이

모스크바에서는 악이 되기도 한다.

하지만 하나님은 땅 위에 선을 긋지 않으셨다.

03/20

기독교는 휴머니즘의 종교이다.
휴머니즘이 나무에 자유와 평등의
열매가 맺힐 수 있는 것은
휴머니즘은 사랑의 잣대를
버리지 않기 때문이다.

내가 푸대접을 받았어도 상대방을
대접할 수 있는 인품, 모두의 인격을
고귀하게 여기는 교양,
그 이상의 자기 수양은 없다.

19/10

03/21

사랑은 자신을 변호하지 않는다.
자신을 변명할수록
사랑의 결핍을 드러낼 뿐이다.

판단은 긍정과 부정 중 하나를 택하고
그것을 표명하는 것이다. 그것은 지식인의 특권인
동시에 생명권이기도 하다. 정의감과 가치관에
따라, 그리고 진리를 위해 '예스'와 '노'를
구별하는 것이다.

03/22

누군가를 사랑하거나
사랑을 베풀 수 있는 동안은
자아 상실이 없다.
인간은 사랑을 통해
자기를 발전하며,
자아 완성을 이루도록
되어 있기 때문이다.

선과 정의의 견설은
나부터 시작해야 한다.

10/08

03/23

교회와 크리스천의 권위는
이웃을 향한
희생과 봉사와 사랑에서 나온다.

어찌 진리인 줄 알면서 어려움이
온다고 피하며, 정의임을 인정하면서
승산이 없다고 버릴 수 있는가.

10/07

03/24

고해와 같은 인생이 되는 것은
사랑 없는 고생을 하기 때문이다.

세상 사람들은 정의를 지키기 위해
사회악과 싸운다.
크리스천은 거기에 더해
사랑과 봉사의 정신을 가지고
인류 역사의 악에
대적할 수 있어야 한다.

03 / 25

사랑이 충만한 사람은 더 귀한 것을
받아들이기 위해 스스로를 비우며,
상대방에게 주기 위해
내어놓기를 즐거워한다.

이기적 정정에서도 정의를 위한
기대와 노력이 필요하며,
선의의 경쟁에서도 사회적 가치로서의
정의가 유지되어야 한다.

10/
05

03/26

사랑은 언제나 현재의 위치에서
미래를 찾으며, 미완성의 단계에서
완성의 의무를 책임진다.
진리를 위해 참되게 사는
것과 마찬가지이다.

세계서는 우리가 감당할 수 있는
섭자가를 주신다.

외면해서는 안 되는 섭자가이다.

진실을 위해, 정의를 위해, 이웃의 행복을 위해,

마침내 이루어져야 할 하늘나라를 위해

짊어져야 할 섭자가이다.

10/04

03/27

기독교에서 사랑이 깊은
무엇보다 그리스도의 마음과
그 삶을 본받음에 있다.

사회적 정의란 정의를 포함하면서도
정의를 완성시키는 능력이다.
사회생활에서 정의가 없는
사랑은 존재할 수 없다.

03/28

하나님의 뜻은 무엇인가?
인간에 대한 지극한 사랑이다.
그들의 동반자가 되고,
그들을 하나님의 자녀로
이끌어 주는 일이다.

평등을 뒷받침하는 정의는 인간을 위한 사랑이며, 사랑이 정의의 질서를 높여 줄 때 진정한 평등이 이루어진다.

정의는 사랑에 의해 완성되기 때문이다.

70의 시련기를 겪은 뒤 30의 평탄한 길을
걷는 동안 나는 즐거움과 더불어 행복을 느꼈다.
시련의 기간이 길었기에
더 높은 정상에 설 수 있었다.
그 시련이 고통과 불행은 아니었다.
사랑이 있었기 때문이다.

하늘나라의 현관에는
정의로운 사람이 들어간다.
그리고 정의의 현관을 통해
들어서는 곳은 사랑의 집이다.

19
01

03/30

'무엇을 남기고 갈 것인가?'라는 물음의
대답은 '사랑을 나누어주는 삶'이다.
그것보다 위대한 것은 없다.

10

October

정의

03/31

폭넓은 사랑을 해본 사람이
풍부한 삶과 행복을 느끼는 법이다.
사랑의 깊이와 높이를 알기 위해서는
진정한 사랑을 체험하지 않으면 안 된다.

한 알의 밀알이 썩어져 많은 열매를 맺듯이
인간도 내 육체를 보존하기 위해 노력하면
핏원 수고에 그칠 뿐이지만,
이웃과 역사를 위해 나를 바치면
보다 값진 삶을 완성할 수 있다.

09/
30

04

April

꿈과 희망

건강하게 오래 살고 싶다는 욕망보다는
사는 동안 작은 도움이라도 주어야겠다는
정성 어린 마음이 더 귀하다.
중요한 것은 신체적 그릇과 같은
건강이 아니라 그 그릇에
무엇을 담느냐이다.

나는 적지 않은 시련 속에서도
희망이 있었기에 행복할 수 있었다.
그 희망은 어렸을 때부터의
신앙심이었다.

종교개혁이 남긴 역사적 교훈은
교회가 사회를 위해 섬기고 봉사하는 것이지,
사회가 교회를 위해 존재하는 것은
아니라는 점이다.

꿈은 주로 어렸을 때 꿉느다.

어른들은 꿈을 꾸지 않느다.

하지만 모든 크리스천은

민음의 길에 들어서면서

다시 한번 어린아이로

태어나고

꿈과 더불어 살게 된다.

다른 사람을 위해 줄 때 더 많은 결실을
얻는 법이다. 사업에서도 고객을 위해
무엇을 어떻게 도와줄 수 있을까를
고민하는 기업이 마침내는
성장하고 번창한다.

09/27

내 인생은 언제나
기도의 연속이었다.
기도를 드린다는 것은 희망의 끈이
이어져 있다는 증거이다.

지금도 나는 주인 되시는 하나님께서
부탁하시는 일을 하기 위해 아침에 일어나서
저녁에 잠들기까지 하루하루
열심히 일하고 있다. 이것은 내게
주어진 의무일 뿐 자랑거리는 못 된다.
나 자신이 하나님의 머슴이나
지계꾼이라고 생각하기 때문이다.

용기는 희망을 낳고
희망은 용기를 일깨워 준다.
희망이 없는 곳에는
용기가 자라지 못한다.

그리스도와 더불어 영원한 봉사와
자기 희생에 참여할 수 있는 사람은
윤리적 완성과 종교적 구원을
동시에 이룰 수 있는
참다운 그리스천이다.

희망이 없는 곳에는
행복이 머물 곳이 없다.
희망은 주어지는 것이 아니라
만들어 가는 것이다.

가장 불행한 사람은
늙어서 고생하는 사람이다.
그러나 청년기의 고생은
용기와 신념을 더해 준다.
청년기의 고생만큼
인생의 고귀한 능력을
길러 주는 것도 없다.

희망을 잃어버린 개인과 민족은
행복의 무대에서
퇴출당하는 운명에 빠진다.

신앙생활을 오래 하다 보면,
나는 숨겨지고 영광과 찬양은 주님께
돌려지기를 바라게 된다.
설교나 부흥집회를 끝내고
돌아올 때면, 청중이 나는 잊고
주님만을 기억하게 해달라고
기도하는 것도 그 때문이다.

04/07

신앙은 어떤 상황에서도
절망하지 않는 의지를 가지고 사는 것이다.
신앙을 가진 사람은 역경 속에서도
희망의 끈을 놓지 않는다.

욕심은 행복을 놓치게 하지만,
값진 봉사는 불행을 느낄 틈을
허락하지 않는다.

성경은 언제나 미래지향적이다.
구약의 모든 예언과 교훈은
다가올 메시아에 관한
메시지로 채워져 있다.
기독교의 역사는 메시아를
기다리는 기대와 희망의 역사이다.

그리스도의 경제관에는 '나를 위해서는
가장 적게 가지고, 이웃과 사회를 위해서는
가장 많이 주는 삶'이라는
진리가 담겨 있다.
최소의 것을 소유하고
최대의 것을 주며 사는 것보다
값진 삶이 없다는 뜻이다.

09/21

성공과 영광은 젊었을 때 좌절을 겪은 후
되살아난 사람에게 주어진 특전이다.
이상과 꿈은 그대로 성취되는
것이 아니라 어두운 터널을
지난 뒤에야 열을 수 있는
결실이다.

불행과 고통을 겪는 사람들을 돕고
보호하는 '인간에 대한 봉사'는
무엇보다도 값지고 보람 있는 일이며
사명 중의 사명이다.

09/20

04/10

제2의 인생에 대한
희망을 포기하는 것은
올바른 신앙인의 자세가 아니다.

보람 있는 삶의 평가 기준은
'얼마나 많은 사람에게
그들이 인간답고 행복하게
살 수 있도록 도움을
주었는가'에 있다.

04/11

그리스도와 더불어 새로운 삶과 희망을 창조해 가는 것, 그렇게 세계와 역사를 하나님의 나라로 바꾸어 가는 것이 기독교의 존재 이유이다.

선한 일 적을 맡긴 사람은
그에 따른 정당한 보상을 받고,
참다운 봉사로 헌신한 사람은
감사와 명예를 함께 누리는 것이
세상의 바른 이치이다.

09/18

04/12

나는 지금도 기독교가 민족과 인류의
희망임을 의심하지 않는다.
우리의 염원과 노력으로 진실과
사랑이 가득한 주님이 나라가
이루어져야 한다. 주님의 사랑은
우리의 영원한 희망과
행복이기 때문이다.

자신에게 맡겨진 일을 사회와 이웃을 위한
봉사의 수단으로 생각하는 사람은
그 일을 통해 사람을 위하고
섬기는 가장 고귀한
임무를 다하게 된다.

04/13

꿈과 소망과 이상을 버리면 인간은
살아갈 수 없다. 그 꿈은 미래에 대한
기대이자 약속이다. 그 약속이 하나님과
한 것이라면 이상과 소망을 넘어
영원한 실제가 된다. 그것은 나의 완성이자
하늘나라 진설의 열매로 남느다.

그리스도의 뜻이
이루어지는 사회는 최선을 다하는
사람이 아낌과 사랑을 받고,
섬기며 봉사하는 사람이
지도자가 되어
존경 받는 사회이다.

09/16

04/14

공부하는 교회가 박수하는 교회보다
희망적이며 진리를 가르치는 교회가
교리를 강조하는 교회보다
기독교적이다.

우리에게는 교회를 떠난 사람을 비판할
자격이 없다. 다만, 주님께 그분을
더 사랑해 주시라고 기도할 수
있을 뿐이다. 그가 교회로
돌아오면 누구보다 열심히 섬긴다.
그리스천으로서의 책임을
누구보다 잘 알기 때문이다.

04/15

지성을 갖춘 신앙인은
선하고 아름다운 사회와 역사를
건설할 책임이 있으며,
인류에게 희망을
줄 수 있어야 한다.

소유를 목적으로 삶은 사람은
결국 수중에 남은 것 없이 빈손으로 가지만,
봉사하고 섬기기로 선택한 사람은
이 땅에 천국을 실현하려 했던
흔적을 남긴다.

04/16

그리스도는 삶이 종말과
무(無)의 길일 수밖에 없다고
생각하는 사람에게 영원에
대한 기대와 희망을
제시해 주었다.

정신적 가치와
인격의 숭고함을 위해서는
소유의 노예가 되어서는 안 된다.
소유는 베풀기 위한 것이지
즐기기 위한 것이 아니다.

04/17

기독교의 진리는 생명과
함께하는 빛이자 희망이다.
무엇보다 소중한 것은
희망을 은총으로 누리는
신앙적 체험이다.

소유에 대한 욕망은 재산에 그치지 않는다.
명예, 지위, 권력, 업적 모두가
소유의 대상과 내용이 될 수 있다.
예수께서는 이런 것들에 대한
소유욕에서 떠나야
영원한 생명에 들어갈 수
있다고 가르치신다.

04/18

예수의 교훈에는 인간에 대한
희망과 은총의 가능성이 담겨 있다.
인류의 희망을 깨닫고
실천의 길로
나아갈 수 있게 해 준다.

평생 동안 봉사의 기쁨과 행복을
모르고 살았다면
인생의 소중한 열매이를
놓치고 산 셈이다.

04/19

예수께서는 인간으로서 삶의
목적을 찾는 사람에게
첫째, 참된 인생관이자
가치관인 진리와
둘째, 인류의 삶에 대한 희망을
보여 주신다.

일주일에 하루쯤은 하나님께 영광을 돌리며
주님의 뜻대로 이웃을 섬기는 날로
삼는다면 그것 또한
큰 축복의 날이 될 것이다.

04/20

지금 하는 일이 내일에는
어떤 결과를 가져올지 자문해 봐야 한다
오늘의 만족과 행복을 추구하는 것이 아닌,
미래의 사회와 역사에 동참하기 위해
정성을 쏟아야 한다.

"아, 그분이 뭔가 다르더니 크리스천이었구나" 하는 말을 들을 수 있도록 봉사와 섬김으로 주변에 선한 영향력을 미쳐야 한다.

그것이 바로 전도이다.

04/21

뒤를 돌아보는 사람은 과거를 지키는 데
치중하며 현재를 즐기는 사람은
앞으로 달리기 어려우나
미래지향적인 사람은
개척 정신과 창조 정신으로
성장을 지속한다.

봉사하며 고생과 어려움을
극복해 내 경험은
일생 동안 인내와 용기를
갖게 하는 원동력이 된다.

04/22

인간은 미래에 자아를 실현하고
충족시키려는 기대와 희망을 안고
살도록 되어 있다. 미래를
상실하면 절망만 남을 뿐이다.
미래에 대한 의지와
희망이 없다면
동물과 다를 바가 없다.

사람들을 남을 위하는 것이 자신의 성장과
완성을 가져오는 사실을 모른다.
다른 사람을 섬기는 사람이 존경 받는
지도자가 되며 이웃을 위해 희생하는
사람이 역사의 위대한 인물이
된다는 것을 잊어서는 안 된다.

04/23

고난은 삶을 풍부하게 하고,
이웃에 대한 사랑을 확대하며,
더 진실하고
영구한 삶을 약속해 주는
희망의 전제조건이다.

"최고의 인격은
최고의 행복"이라는 말이 있다.
인격은 계속해서 성장하며
다른 인격체인 이웃을
사귀고 섬기도록 되어 있다.

04/24

우리는 달걀 껍데기를 깨고 나온 병아리만 생각한다. 그러나 그 병아리는 달걀로 있을 때 이미 병아리의 요소를 지니고 있었다. 모든 개인은 유년기에 꿈이 있었고 그 꿈이 자라 어른이 되었다. 그 꿈을 소중하고 아름답게 가꾸어 나가는 것이 인간의 당연한 의무이다.

현대인들은 제3의 경쟁인
사랑의 경쟁을 놓치고 있다.
사랑의 종교적 교훈은
더 많은 사람을 위하고
섬기는 인간애의 경쟁이다.

09/05

성경을 읽어 보면 예수께서는 환자를
치유하실 때 꼭 세 가지를 찾게 하셨다.
겉으로 드러나는 질병의 치료,
정신적 위로와 안식,
그리고 믿음과 희망이다.

권력은
소유가 아니라 섬김이다.

09/
04

04/26

사라지는 과거에 던져 버릴 것을
던지지 못하고, 찾아오는 미래에
새것을 얻지 못하는 사람은 늘 같은
자리에서 고민하게 마련이다.
그러나 버리고 취하는
삶 본래의 뜻을 다하는
사람에게는 고통과 불행이
일시적인 것으로 끝난다.

09/03

세상 사람들은 정권을 가져야
나라를 바꿀 수 있다고 하지만,
예수께서는 섬기는 사람이
세상을 바꾼다고 하셨다.

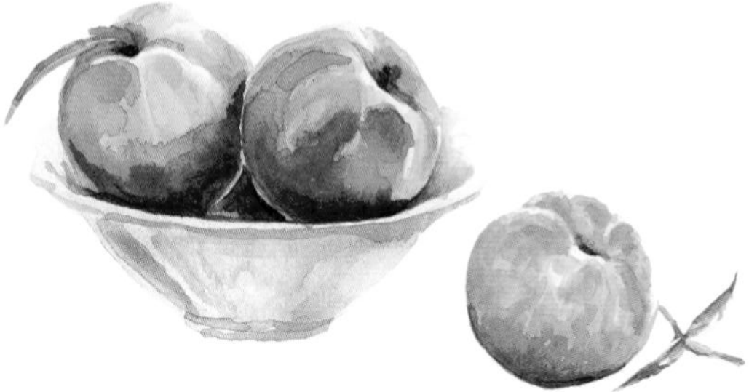

04/27

기독교에서의 죄는
죄로 끝나는 것이 아니라 구원이라는
희망의 소식을 주기도 한다.
구원이 있으니 용서가 있고
죄를 회개할 수 있는 것이다.

100세를 맞을 때까지 허리 굽힘 없이 인생을
이어가는 이들은 대부분
자신을 위한 욕심이 적다.
정신적으로 서두르지 않고
여유롭게 살며
마음이 평온하고 절제할 줄 아는
너그러움을 지닌 이들이다.

04/28

기독교가 100년 뒤에도 인류 역사에
희망을 주고 부끄럽지 않은 종교가 되려면
모든 크리스천이 세상 사람에게
존경과 흠모의 대상으로
바뀌어야 한다.

진정 나라를 걱정하는 지도자는
지배하는 사람이 아니라
섬기는 사람이다.

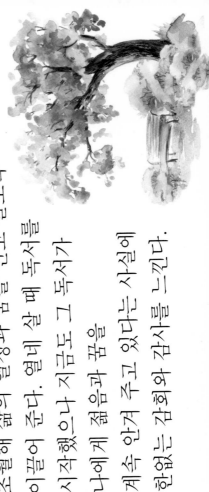

04/29

독서는 나로 하여금 시간과 공간을
초월해 삶의 열정과 꿈을 안고 살도록
이끌어 준다. 열네 살 때 독서를
시작했으나 지금도 그 독서가
나에게 젊음과 꿈을
계속 안겨 주고 있다는 사실에
한없는 감회와 감사를 느낀다.

09
September

봉사와 섬김

지금도 시간이 허락되면 우이동에 있는
국립4·19민주묘지를 찾는다. 그리고 200명이
넘는 젊은 영혼들을 생각하며
용서를 비는 기도를 드린다.
"저희의 죄는 용서하시고
우리 세대에게는 희망을
갖게 하소서"라고.

진실하지 못한 사고와 사상 위에는
어떤 건설도 이루어지지 못한다. 그것은 이미
선한 인간다움을 포기한 처사이기 때문이다.
반석 위에 집을 지으라는 것은
진실 위에서만 역사적 건설이
가능하다는 뜻이다. 그 원리에는
어떤 종교도 예외되지 않는다.

05
May
———
감사

예수께서 십자가를 지셨다는 것은
우리의 죄가 인제 어디서나
믿음으로 용서받을 수 있다는 증거이다.

05/01

감사를 모르는 사람만큼
불행한 사람은 없으며
더 많이 감사할 수 있는 사람보다
행복한 사람은 없다.

08/29

우리가 지니고 있는 시기심,
질투심, 원망, 복수심,
이기적인 사고 등이
먼저 해소되어야
다른 사람을 용서할 수 있다.

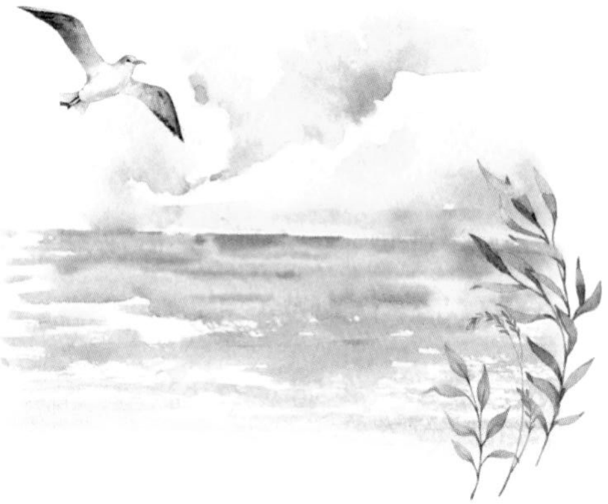

슈바이처의 마음속에는 불행한 사람들을
도울 수 있도록 이끌어 주신
하나님을 향한 감사로
가득차 있었다.
그에게 감사는
어떤 역경과 시련 속에서도
위로를 얻는 원동력이었다.

청년들은 자신들의 노력보다 시간이
더 많은 문제를 해결해 준다는 것을 알지 못한다.
특히 감정과 충동에 붙잡혀 있을 때
시간이 약을 선으로
이끌어 준다는 것을 알면
큰 위로가 된다.

05 / 03

내 어린 시절은
가난과 고난의 연속이었다.
그래도 예수님을 알았기에
감사를 배울 수 있었다.

하나님은 10명의 신앙인보다 1000명의
세상 사람들을 더 걱정하신다.
이런 주님의 마음을 알았더라면,
교회 밖의 경건이라는 사회적
책임을 말았을 때 기도하지 않는
여럭석고 철없는 생각은
하지 않았을 것이다.

08
27

05/04

말없이 이웃에 봉사하는 사람들과
주어진 직책을 성실히 감당해
사회에 이바지하는 이름 없는
소시민들에게
진심으로 고마움을 느껴야 한다.

기독교는 교회를 위해 있지 않고
교회를 통해 하나님 나라를
건설하기 위해 존재한다는 것을
망각했음을 반성해야 한다.

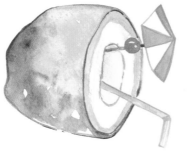

05/05

나는 매일 아침 '주의 기도'를
드리는 것으로 하루를 시작한다.
하루를 온전히 그리스도께
맡기고 그리스도와 함께 살 수
있는 축복의 약속이자
감사의 기도이기 때문이다.

부자가 되는 방법은 간단하다. 아무것도 소유하지 않으면 된다. 땅 한 평, 방 한 칸이 없으면 어떠랴. 하늘도 별도 별도 내 것으로 하면 그만이다.

이렇게 나는 남이 소유하는 것을 다 버리고, 남이 가질 수 없는 것을 다 내 것으로 하자고 마음에 타일렀다.

08 25

05/06

세상일로 성공과 칭찬을 받는 것은
그리 즐겁지 않은 반면,
그리스도의 일을 돕고 난 후의
즐거움은 형언하기
어려운 감사를 동반한다.

이기주의 못지않게 우리를 불행으로
이끄는 또 하나의 폐단은
섣부른이나 고정관념의 노예가 되어
자유론 판단과
인격의 향상을 저해하는 것이다.

08/24

05/07

재산은 내 인격의 수준만큼
필요한 것이지 그보다 많이 가지면
물질이 노예가 된다.
수입이 많을 때는
적당히 나누며 살고,
수입이 적을 때는
감사한 마음을 가지고 살면 된다.

위로와 사랑으로 고난의 짐을 나누어 지고
고통에 동참하는 일은
무엇과도 비교할 수 없는 고귀한 사명이다.

08
23

05/08

인기나 명예보다 소중한 것은
감사와 존경의 대상이 되는 것이다.

세상 사람들이 신앙인보다 못하다고
말하는 교만과 과오를 반성해야 한다.
주님은 오히려
세상의 지혜가 신앙인의
잘못된 신앙을 심판한다고
가르치신다.

08
22

마음이 가난한 사람은
어떤 여건에서도 감사와 자족을
누릴 수 있다.

누구나 큰일을 해서 유명해지기를 바란다.
그러나 이름도 없이
주께서 기뻐하시는 일을 하는 사람이
역사를 건설하는 법이다.

05/10

감사와 행복은
동전의 이쪽과 저쪽이다.

자신을 돌아보지 않는 반성의 결핍은

못하지 않는 과오와 불행을 가져온다.

내일만을 생각하느라 오늘을

품지 않으며, 어제를 통해 오늘을

오늘에 도움 받는 일을

생각지도 않는 것은 큰 잘못이다.

08
20

05/11

존경 받고,
감사 받고,
아낌 받는 사람이 되자.

기독교가 회개라는 교훈을
반복해서 강조하는 것은 흑백논리와
자기 절대화의 과오에서
벗어나려는 뜻이다. 현대인에게는
자기 절대화가 큰 우상이다.

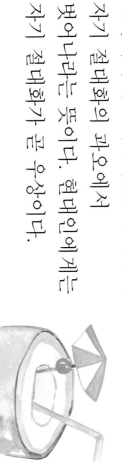

05/12

마음과 마음을 연결해 주는 것이
'감사와 고마움'이다.

스스로 결혼을 깨닫고
회개하는 곳에는
예수께서 항상 함께하신다.

08/18

내가 상대방에게 감사와 고마움을 느끼면
그 사람은 선하고 아름다운 마음으로
더 큰 감사를 나누어주는 법이다.

세계 역사에 큰 교훈을 남겨 준 기독교 정신은 전후 독일의 회개 정치에서 구현되었다. 전 세계의 국가가 그런 정신을 지니고 있다면 역사는 희망의 길을 열어 갈 것이다.

05/14

平生을 기도하는 마음으로 살다 보니
내 삶이 기도가 되었고
무슨 일을 하든
감사하게 되었다.

신앙적 범죄에서 유일하게
용서받을 수 없는 길은 회개이다.
회개하지 않는 사람에게는
새로운 출발이
없기 때문에 희망도 없다.

감사의 마음을 갖고
감사를 표현하도록 하는 데에는 이유가 있다.
서로를 섬기는 마음이
담겨 있기 때문이다.

신앙에서 가장 중요한 것은 항상
새로워지는 것이다.
작년보다 올해가 더 새로워지고
오늘의 내 모습보다
내일의 내 모습이
더 새로워지는 것이다.

08
/
15

05/16

내 인생을 주님께 맡기는 고마움과
영광스러움은
나를 위한 것이 아니다.
다른 사람들을
섬기기 위함이다.

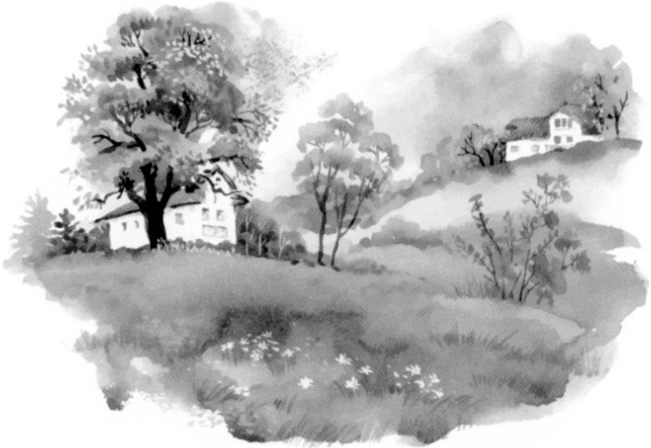

진정한 종교는 선량하고
악한 네에서 시작된다.
세속적인 욕망 대신
가난과 겸손이
있는 곳에서 태어난다.

08/14

05/17

내가 나의 것을 귀하게 여기는 것만큼
남의 것을 존중히 여기며,
타인의 노력과 수고에도
존경과 감사를 표할 줄 알아야 한다.

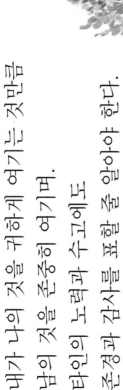

고만한 사람은 자신의 단점을
모르는 것을 불평이고
다른 사람의 장점도 모른다.

08/13

05/18

이웃과 사회에 도움을 주고
기쁨을 나누기 위해 노력하는
사람들이 있다.
이 땅에 온기를 전하는 그들에게
는 고마움과 감사를 느낀다.

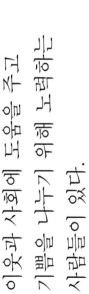

사회 지도자들이
인기를 노리는 것은 정당하지 못하다.
인기를 중점으로 생각하는
사회가 되면
거품 인생이 미화되고
건전한 가치관이 흐트러진다.

08
12

05/19

일을 한다는 사실에 감사할 줄 아는
사람이 모순과 어려움을
지혜롭게 해결할 수 있는
자격을 갖는 법이다.

내가 부족한 것을 알면
다른 사람을 지적하지 못한다.

08/11

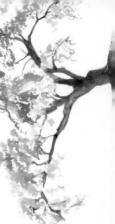

05/20

직업에 대해 감사의 마음이 없는 사람은
직업이 주는 행복을 누릴 수 없고,
직장에 대해 고마운 생각을
품지 못하는 사람은
성공의 길로 나아가지 못한다.

겸허한 사람은 내 인생이
내 것이 아니란는 것과
내 뜻대로 행동하는 것 같지만
실은 하나님의 섭리 아래서
움직이는 것임을 깨닫게 된다.

05/21

기독교와 그리스도에 대한 평가는
교회 안이 아닌 교회 밖의 사회가 내려야 한다.
다른 종교인이 그리스천을 높이
평가하며, 사회의 일꾼과 지성인이
교회에 대해 고맙게 여기는
기독교가 되어야 한다.

남을 찾아다니면서 스스로를 높이려고 하는
사람은 그들로부터 업신여김을 받게 된다.
그러나 남에게 도움이 되는 일을 꾸준히
하면서 겸손한 자태를 지키는
사람은 모든 사람의
존경과 높임을 받게 된다.

05/22

절망적 위기 속에서 읽은 "너희가 나를 택한 것이 아니요 내가 너희를 택하여 세웠나니"(요 15:16)라는 성경구절은 내 심금을 울리게 했다. 그 구절을 거듭 읽으며 감사 기도를 드렸다. 그 뒤로 마음의 평안이 찾아왔고 새로운 인생을 출발하게 되었다.

교만이라는 병에서 벗어나려면
자기 주장을 내세우기보다 다른 사람의
의견에 귀 기울이고 양보하며
협조하려는 자세가 필요하다.

08/08

05/23

교육자는 씨를 뿌릴 뿐, 열매는 사회가 거둔다.

열매는 제자들을 통해 나타난다.

나보다 훌륭한 제자들을 갖게

해 주신 주님께 감사드린다.

그런 제자들을 두었다는

것은 교육자로서 최고의

영예이자 행복일 수밖에 없다.

지혜로운 사람은 큰일을 하고도 자기가 한 일이 크다고 생각하지 않는다. 더 중대한 일이 아직도 남아 있으며 자신이 부족하다는 것을 잘 알기 때문이다. 그러나 어리석은 사람은 작은 일을 하고도 자신이 한 일이 크다고 생각한다. 진정 큰일인지 무엇인지, 자신이 제아무리 큰일이 무엇인지 모르기 때문이다.

05/24

감사를 모르는 사람에게
베푸는 공짜 혜택은 그 사람이 행복을
빼앗는 결과를 낳을 뿐이다.

겸손을 위한 겸손이나
억지로 행하는 겸손은
위선만 낳을 뿐이다.
성실한 노력과
진심을 담은 겸손이라야
사람의 마음을 움직인다.

08/06

젊은이들에게 고마운 어른으로서
존경 받지 못하고
자녀나 제자들로부터 감사의 뜻을
외면당한다면 그 잘못은
어른에게 있다.

호수에 물결이 일렁이면
아무것도 보이지 않지만, 수면이 잔잔해지면
하늘의 달과 별 그림자가 내려온다.
절겼다고 떠드는 동안은
신앙이 드러나지 않지만,
경건하고 겸손해지면
하나님이 찾아오신다.

나는 교회라는 무대 옆에서
나름이 선교활동을 해 왔다.
나같이 부족한 평신도 한 사람이
주님의 부르심에 동참할 수
있었다는 것에 부끄러우면서도
그저 감사할 따름이다.

아내는 의사들이 치료 포기를 제안한 후에도
7개월을 더 집에서 쉬면서 치료를 받았다.
그 조용하고도 검소한 병상생활은
우리 가족에게 커다란 신앙적
교훈을 주었다. 주님은 죄악의
경우에도 최선의 위로를 주신다는
사실에 우리 모두는 감격스러워했다.

08/
04

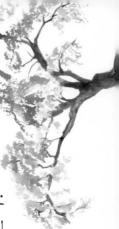

05/27

사랑하는 가족을 주님께 맡기는
기도보다 중요한 것이 없음을
나는 늘 체험해 왔다.
그 기도가 이루어졌을 때
한없는 감격과 감사를 느끼게 된다.

겸손한 사람은
노력해서 성장하려는 뜻을 가지며,
다른 사람을 대할 때
아집이나 독선을 부리지 않는다.

08
/03

아내는 온 가족이 지켜보는 가운데 조용히
눈을 감았다. 그러나 모든 가족이 슬픔 속에서도
감사의 기도를 드렸다. 아내의
마지막 삶은 불행을 극복한
기적이 아닐 수 없었기 때문이다.

신앙을 가진 사람은 인간다운 삶에 흥미를

신앙을 가진 사람은 인간다운 삶에 흥미를

내게나 사회적 성장에 지장을 주어서는 안 된다.

겸손한 자세로 세상 사람을 위해 주고

섬기려는 노력을

게을리하지 않아야 한다.

08/02

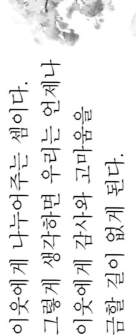

교만과 존경은
결은 자리에 머물지 않느니.

08
01

성령의 역사란 우리의 삶을
하나님의 사랑의 제단에 바쳐
참 자유와 감사를
누리면서 사는 일이다.

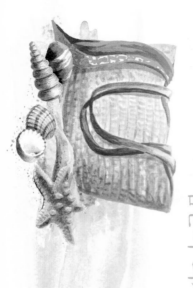

08
August

겸손과 회개

05/31

누구에게도 감사하다는
말을 듣는 삶이
진짜 가치 있는 삶이다.

교만을 버리고
성실하게
미래에 도전하는 자세가
값있는 인생을 만든다.

07/31

06

June
___

민음과 은총

크리스천은 신앙을 정설보다 귀하게 여긴다.
그러나 인간적으로 성설하지 못한 사람은
신앙또한 성앙을 찾지 못하는 법이다.
그러므로 신앙을 자랑하기 전에
먼저 성실을
갖춰야 한다.

06/01

참된 신앙의 핵심은 진실과 사랑이며,
참된 신앙의 권위는
사랑을 실천할 때 생긴다.

그리스도를 따라 사랑의 길을 지는 사람이
하나님이 주시는 행복을 얻는다.
나는 부르심을 받을 때까지
하나님의 일을 하려고 한다.
욕심을 버리고 힘들어도
주님이 함께하시니
오늘도 감사하고 기쁘다.

06/02

내가 자손들을 위하고
돕는 데에는 한계가 있다.
그러나 믿음에서 부어지는
축복에는 한계가 없다.

"수고하고 무거운 짐 진 자들아 다 내게로
오라 내가 너희를 쉬게 하리라"(마 11:28)는
성경 말씀은 양심에 따라 죄성을 다해 살려고
노력한 사람에게 선사하는
예수의 교훈이자 위로이다.

06/03

참다운 신앙을 가진다는 것은 모든 소유를 그것을 필요로 하는 사람들에게 돌려주는 것이다.

"네 소유를 팔아 가난한 자들에게 주라"(마 19:21)는 뜻이 그것이다.

마음속에 있는 세상 것을 버리고
하나님의 것을 선택하며 살아야 한다.
그러면 인생의 목적이 달라지고
성실함과 겸손함,
섬김의 삶을 살게 된다.

새로운 삶은 시간과 함께
소멸되는 것이 아니라
영원한 의미를 갖게 되는 것이다.
그것이 바로 신앙적 경험인 동시에
거듭남의 체험이다.

낯선 자 육체를 가진 유한한 존재가
무한 속에서는 아무것도 아님을
잘 알면서도, 영원한 생명을 위해
끝까지 도전해야 하는 것이
인간의 성실한 의무이다.

창조주의 섭리와 은총이 질서를
체험하며 사는 것이
신앙인에게 주어진
축복의 삶이다.

한 사람의 정체성은 그가
어떤 문제의식을 지니고 있느냐에
따라 결정되며, 어떻게 문제를
해결했느가는 그가 어떤 인생을
살았는가와 일맥상통한다.

07/25

은총과 더불어 살면
나는 내려가고
하나님은 높아진다.

신앙은 순수한 마음, 그리고
성실한 인격과
공존하며 성장한다.

07/24

신앙인으로서의 나와
세상 사람으로서의 내가
따로 있는 것이 아니다.
하나의 인격과 삶의 주체인 내가
예수를 만나 신앙인으로
거듭 태어나는 것이다.

성실한 사람에게는 인간적 이중성이 없다.
성실함에 정건성을 더하면
그리스도를 받아들이는
믿음의 사람이 된다.

06/08

믿음은 정성이자 성실함이며
이상이자 과정이며
삶이자 생활이다.

일찍 잠자리 들세해서 성공하는 것이 좋은
것만은 아니다. 오히려 중요한 것은
누가 더 높은 위치에 있는가가
아니라 누가 더 성실히
더 많은 일을 해냈느가에 있다.

06/09

진심이 남아 있는 사회,
인간애가 가득한 하나님 나라가
내게 주어진 마지막 목표이다.
그 목표가 없는 신앙은
신앙이 아니다.

지금 우리 사회에는 나무 일찍 성장을 포기하는 '젊은 늙은이'들이 많다. 40대라고 해도 공부하지 않고 일을 포기하면 녹스는 기계처럼 노쇠하게 된다. 반면 60대가 되어서도 성실하게 배우며 도전을 포기하지 않는 사람은 성장을 멈추지 않는다.

06/10

지식은 진리에 도달해야 하고
진리는 신앙의 종착지이다.

나는 지금도 성공보다는
최선을 다하는 사람이 행복하며,
유명해지기보다는
사회에 기여하는 인생이
더 귀하다고 믿는다.

07
/20

06/11

마음으로부터 그리스도를
만나지 못한 사람은
신앙인이 아니다.

지금 생각해 보면 나 같은 사람이
그렇게 많은 일을 할 수 있었던 것은
순전히 선배이 아닐 수 없다.
내 마음은 언제나 주어진 집을 지고
성실히 주인을 따라간
지게꾼의 심정이었다.

지식은 지혜 앞에 머리를 숙이고,
지혜는 신앙 앞에 머리를 숙인다.

꾸준한 독서는
인격에 물 주기와 같다.

07/18

06/13

죽을 때까지 열심히 살고
이 방에서 저 방으로 가듯이
부끄러움 없이 죽음을
맞이하는 사람이 참된 신앙인이다.

어떤 학생보다도
열심히 공부하는 교수가 있어야
훌륭한 스승이 나오고,
어떤 사원보다도
성실히 노력하는 상사가 있어야
그 회사가 발전한다.

06/14

양심은 선과 악이 어떤 것인지 알려 주지만,
인간을 고통에서 구해 줄 수는 없다.
인간은 스스로를 구원할 수 없으며
양심의 기능에는
한계가 있기 때문이다.
인류의 구원은 오직 믿음을
통해서만 가능하다.

성실한 사람이 경건한 마음을 가지면
신앙의 문을 두드리게 된다.
자기 할 바를 다하고 기독교의 문을 두드릴 때
성실은 경건으로 승화되고
깊은 신앙을 찾게 된다.

06/15

아는 바가 없으면
불완전한 신앙이 되고
실천이 없으면
죽은 신앙이 된다.

성실한 사람은 책임감이 강해서
인생에서 스스로 무거운 짐을 지려 하지만,
신앙을 가지게 되면
그 짐을 하나님께 맡기고
마음의 평안과 쉼을 누린다.

신학적 지식에서 신앙을 시작한 사람은
실천으로 신앙의 열매를 얻어야 하고,
실천에서 신앙을 시작한 사람은
신학적 신념을 갖추어야
신앙이 완성된다.

성실한 사람은 자기 인격을
사랑하기 때문에 거짓말을 할 수도 없고
누구를 욕하거나 비난하지도 못한다.

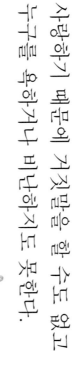

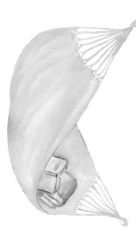

신앙은 열린 사회로 나아가기 위해
계속해서 재무장해야 한다.

올바르고 가치 있는 삶을 위해
개인적으로는
노력을 아끼지 않는 성실함이,
사회적으로는 서로를 위해 주는
사랑이 반드시 필요하다.

07/13

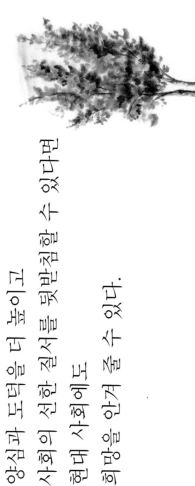

신앙이 인간애를 통해
양심과 도덕을 더 높이고
사회의 선한 질서를 뒷받침할 수 있다면
현대 사회에도
희망을 안겨줄 수 있다.

성실은 신앙으로 가는 길이기에
성실성을 포기한 사람은
참다운 신앙을 가질 수 없다.

06/19

안병욱, 김태길 선생과 반세기 동안
우정을 지키며 함께 일할 수 있었던
행운은 하나님의 섭리가
아니었으면 불가능했을 것이다.
그 섬세하신 섭리에
언제나 감사한다.

성실은 항상 마음의 문을 열고
있기 때문에 이성적 판단을
소홀히 하지 않으며
양심적인 선택을 멀리하지 않는다.
성실은 개방적일 뿐만 아니라
미래지향적이다.

07/11

신앙이 결여된 역사는 악의 가능성을
구원의 능력으로 극복하는 과정이었다.

인간다운 삶과 인간에 대한
봉사의 중심 덕목은 성실이다.

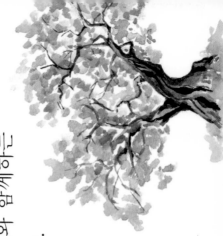

06/21

신앙은 신학만도 아니며 교리만도 아니다.
그것을 모두 포함한 그리스도와 함께하는
삶을 통해 이루어지는 것이다.

위대한 자아란
정신적 고독을 극복하고
자신의 삶에 충실할 때
완성된다.

06/22

하나님의 뜻을 따라
이웃을 사랑하는 것이
신앙이다.

성실은
믿음으로 가는
정도(正道)이다.

07/08

신앙은 인간이 하나님께로부터 와서

하나님께로 돌아가는 것이다.

성실은 겸손한 자기반성과 노력,
꾸밈 없는 모색과 성장,
정직한 삶을 포함한다.

06/24

신앙을 갖는 것은 하나님을 위해
나를 희생시키는 것이 아니다
내가 하나님의 은총으로
다시 태어나 구원과
성숙으로 나아가는 것이다.

성실하게 고뇌하는 사람이
믿음으로
교만해지는 사람보다 귀하다.

신앙인이 된다는 것은 진리를 추구하는
가치관을 가지고 사는 일이며,
인간애를 실천하는 일에 누구보다도
선구적 역할을 담당하는 것이다.

성실한 사람은 언제나 겸손하다.
자기 부족을 잘 알고,
가야 할 길이 아직 멀다는
사실을 깨닫기 때문이다.

0626

그리스도의 사랑을 깨닫고
섬김과 희생의 삶을 넓혀 가는 것이
지혜보다 앞서는 신앙의 길이다.

나에게 맡겨진 인생을 성실하게
최선을 다해 사는 사람은
주님이 버리시지 않는다.

07/04

06/27

신앙을 가지는 것은 자기 마음의
그릇을 가지는 것이다. 그 마음 그릇의
크기대로 주님이 채워 주신다.
어떤 그릇을 가지고 사느냐에 따라
주님이 채워 주시는 복이 달라진다.

하나님 나라는 손놓고 앉아서
기다리는 사람이 아니라
애쓰고 노력하는 사람에게
주어지는 것이다.

세상 사람은 자기가 만족해야
기뻐하지만,
신앙인은 하나님이 기뻐하실수록
더 기뻐한다.

성실은
신앙의 입구와 같다.

06/29

믿음이 진정한 가치를 모르는 사람은
인격의 거듭남이나 값진 인생이
출발을 하찮게 여기고
눈에 보이는 빵이 지료에만
열중하는 과오를 저지르기 쉽다.

성실한 사람은
하나님도 버릴 수 없으며
악마도 유혹할 수 없다.